严大成 著

爱情是什么

南海出版公司

·海口·

图书在版编目(CIP)数据

爱情是什么/严大成著.-- 海口:南海出版公司,2023.7
ISBN 978-7-5735-0562-0

Ⅰ.①爱… Ⅱ.①严… Ⅲ.①诗集—中国—当代 Ⅳ.① I227

中国国家版本馆 CIP 数据核字 (2023) 第 138774 号

AIQING SHISHENME
爱情是什么

作　　者	严大成
责任编辑	张　蕾
出版发行	南海出版公司　电话:(0898)66658511(出版)
	(0898)65350227(发行)
社　　址	海南省海口市海秀中路 51 号星华大厦五楼　邮编:570206
电子信箱	nhpublishing@163.com
经　　销	新华书店
印　　刷	北京建宏印刷有限公司
开　　本	889 毫米 ×1194 毫米　1/32
印　　张	3.75
字　　数	38 千字
版　　次	2023 年 7 月第 1 版　2023 年 7 月第 1 次印刷
书　　号	ISBN 978-7-5735-0562-0
定　　价	49.80 元

南海版图书　版权所有　盗版必究

目录

钟情篇

爱 情

朦胧的爱	3
理智的爱	4
成熟的爱	6
天坛寻觅——献给文兰的诗	7
美 丽	10
78岁生日	17
游	19
病榻旁	21

爱情是什么

亲　情

歌　声	23
玲　君	24
胎教画儿	26
焦　虑	27
祝　福	27
满　月	28
凝　视	29
知　恩	30
赞仙儿周岁小照	30
秀玲六十周岁	32
骨　肉	33

友　情

盐角儿	34
和　词	35
述　怀	36
和"述怀"	36
启功赞	37

赠大成兄 …………………………………………… 38

和永兴五言绝句 …………………………………… 38

致刘麟 ……………………………………………… 39

贺全意七十华诞 …………………………………… 43

赠张帆、王莹 ……………………………………… 44

怀念万友 …………………………………………… 45

赞毛阿敏 …………………………………………… 47

高中学友 …………………………………………… 48

钗头凤·忆师专（今首都师范大学） …………… 50

我的大学同窗 ……………………………………… 50

悼铁人球友闫诗钧 ………………………………… 57

哭张栋、秦淑贞 …………………………………… 59

战　友 ……………………………………………… 63

悲　情

救吾妻 ……………………………………………… 64

依　偎 ……………………………………………… 66

相识 1974 …………………………………………… 67

结合 1976 …………………………………………… 67

爱情是什么

艰　辛 ································· 68

喜　悦 ································· 68

公　仆 ································· 69

满　足 ································· 69

灾难2004 ······························ 70

噩耗2005 ······························ 70

心　问 ································· 71

思　念 ································· 72

墓地的吻 ······························ 73

自　医 ································· 75

悼贤妻 ································· 77

飞翔篇

仰　视 ································· 81

汪天介画赞 ···························· 81

赞杨全意画 ···························· 82

松　赞 ································· 82

心　志	83
心　态	83
福字令	83
夜　郎	84
傲　骨	84
感　悟	85
明白难	85
罂粟花	85
智者云	86
雨霖铃·羊年非典	87
决战在五月	87
金字塔下的沉思	89
同大海对话	90
宅　居	91
夕阳悟	92

抒怀篇

三十不立	95

四十困惑……………………………………… 95

五十知足……………………………………… 97

六十偷着乐…………………………………… 98

七十疼自己…………………………………… 99

八十大步走…………………………………… 99

感悟篇

苦　乐………………………………………… 103

生　命………………………………………… 104

情　感………………………………………… 106

欲　望………………………………………… 107

时　空………………………………………… 108

赞　歌………………………………………… 114

钟情篇

爱 情

朦胧的爱

一封封信铺开在眼前
铺开一片纯洁的心田
甜美的回忆在纸上跳跃
朦胧的欢乐回荡在心间
凝视灯光我静静地思索
为什么多情人反而孤单
透过灯光朝前看
会幸福的
我的幸福在前面

爱情是什么

那里

很远很远

却在我心间

因为那儿

有一张

我喜欢的笑脸

（1962年）

理智的爱

爱情是什么

爱情是理想化的一厢情愿

爱情是遨游太空的梦幻

爱情是隐藏在内心深处的浪漫

爱情是海誓山盟不离不散

爱情是取之不尽用之不竭的腰缠万贯

爱情是色香味形俱佳、百尝不疲的全席大宴

爱情是什么

钟情篇

如诗如画如痴如醉

只是爱情的一半

爱情甜蜜蜜

更多的是平平常常平平淡淡

爱情是丰盛的酒宴

更像荤素搭配的家常便饭

爱情是富有的

更可贵

缺粮的时候

"粥,你多喝一碗!"

爱情是什么

爱情是人前嗔怨

人后眷恋

爱情是挂在嘴边的"讨厌"

各在一方的思念

爱情是无声呵护

触摸不到的温暖

爱情是无声沟通

那是心灵的呼唤

爱情是无声誓言

爱情是什么

　　磕磕绊绊相互搀扶

　　　一生关爱

　　　终生相伴

成熟的爱

　　倾心的不一定是俊丑

　　钟情的一定是善良宽厚

　　　不介意多么富有

　　　感激为亲情奔走

　　信服的不是如簧的舌头

　　　　忠诚大度

　　　　天长地久

（1998年）

天坛寻觅——献给文兰的诗

天坛,古迹

珍藏着珍贵记忆

回音壁留有儿时的呼喊

游人的足迹

难辨哪双属于自己

多少次轻轻地抚摸过松柏

古树的年轮见证了人生的经历

凝视苍松翠柏陷入沉思

沉思中品味着人间情义

凡人俗夫偏爱感慨

古稀年又从头审视自己

天坛,古迹

晚晴到这里寻觅

冬日的阳光温暖惬意

林立的松柏依然苍绿

漫步在林间小径

静静地追寻充满幻想的过去

一茬茬小树茁壮成材

爱情是什么

环形的围墙一次次地修葺
从稚童到老叟激情不减
不变的是那条不改的心迹
心里描绘着梦中的红颜
痴情地享受着幻觉中的甜蜜
不承想晚年寻回了初恋
那孤雁那笑脸又回到心里

天坛，古迹
这里寻觅奇迹
四年前祝寿会送走至爱知己
古稀年庆寿诞偶遇红颜惊喜
六十五个春秋依然散发着幽香
一株文静的兰花在身旁伴随
高挑的身材亭亭玉立
阳光下的倩影勾勒出秀美的身躯
眼圈的黑晕记录着灾难
面颊的阴云遮挡不住昔日的靓丽
眉宇间隐含着伤痛
俏皮的酒窝仍洋溢着甜甜的笑意

天坛，古迹

诠释人生真谛

问古坛

何为人生

古坛巍然屹立

问松柏

何为人生

松柏默然无语

问文兰

何为人生

文兰含情脉脉

悲欢离合写在眼里

问自己

何为人生

来去赤条条

顺天意

朝前走

永不放弃

天坛，古迹

感悟夕阳美丽

爱情是什么

逝去的时光不能倒转
晚年更需理智刚毅
效法松柏的苍劲
效法古坛磐石般地矗立
效法大海容纳百川
效法大自然周而复始地演绎四季
让面颊泛起红润
让乌云悄悄散去
让眸子更加晶亮
让酒窝注满甜蜜
让春风吹黑秀发
让夕阳映红心底
生活要继续
幸福留给亲人和自己

美 丽

你美丽
看一眼就不会忘记

钟情篇

你善良

想把灾区的饥儿哺养

你多情

爱不是瞬间的彩虹

你高傲

不屑大款的财宝和权贵的荣耀

你聪明

深知难得公正

你焦虑

这灿烂的阳光何时照遍大地

你美丽

永远活在我的心里

文静清丽典雅

胜似料峭梅花

面庞白皙

配上朴素蓝褂

端庄而秀美

不俗不浮华

静如玉石雕塑

动如风曳春花

爱情是什么

　　肃穆生动庄重
　　天然布满面颊
　　温存含蓄刚毅
　　苗条不乏挺拔
　　用美感饱蘸油彩
　　绘出绚丽朝霞

　　你曾拥有过美丽
　　青春洋溢贤淑靓丽
　　你如今依然美丽
　　久经磨砺成熟坚毅
　　陪伴爱人十六载
　　悉心维护尽心尽力
　　有过多少不眠之夜
　　有过多少次的哭泣

　　你以女人少有的柔韧
　　不逊男儿的阳刚之气
　　你以做过大手术的身躯
　　蕴藏着难能可贵的刚毅
　　无情手术的刀痕

钟情篇

那是生命力的标记

诸多的磨砺

闪烁着永不低头的勇气

你担起生活的重担

擎起母亲的大旗

攀爬满是荆棘的陡坡

整整走了半个多世纪

走过漫漫的路

你可读懂了人生的真谛

熬过无数个长夜

是否想过朗朗晴天的绚丽

斗转星移不馁不疲

日月星辰做证

你有善良的心地

你有难得的志气

仰视一下蓝天吧

那是湛蓝湛蓝的心扉

听一听涛声吧

那是爱河泛起的暖心话语

到西湖享受天堂美景吧

爱情是什么

那是有福人的天地
跃身泳池惬意游吧
那是扑向知音的怀里
让噩梦从此终结
让新生接受洗礼
让生命焕发光彩
让幸福紧紧伴随

你曾拥有过美丽
你如今依然美丽
不幸不属于你
美丽永远陪伴你

黑色的六月
病魔突然吞噬你的生命
欲哭无泪
生不如死
求死不能
我会留住那曾经拥有的快乐
知足地回味
甜美地回忆

钟情篇

你在我的心里

永远都是清纯温存的知己

美丽

永存我的心里

祈盼奇迹

在我心里

你是我梦

你像明月

皎洁并不遥远

你像兰花

素雅仍存幽香

你像一张白纸

洁白而不苍白

你像一股清泉

清澈而不冷冽

你就是真金

发不发光都同样金贵

我有缘分偶遇你

我有情义追求你

我有福分得到你

爱情是什么

你因善良而得福避祸

你因纯真而青春常驻

你因高洁而有品位

你有金子一般的心

因赤诚而贵于珍宝

自打见到你

我就再无所求

心不再漂泊

情有所依

心有所归

你肯接受我

我今生足矣

经历已成历史

我只能以真诚回报你的纯真

在我心里

只能容纳老妈老伴儿女儿和你

你要不要我的心

我都把它给了你

你高兴

它跳动

你欢快

它健在

愿殷红的血在两颗相知的心房内涌动

汩汩滚烫

地久天长

你是我梦

感谢上苍

（2009 年 7 月 17 日）

78 岁生日

不再有甜言蜜语

不再有温存亲昵

望着憔悴脱相的病容

我眼里

你依然美丽

爱你的

不仅仅是你皎好的容貌

爱你的

更是你至清至纯的心地

爱情是什么

你太质朴太平易
没有一点粉饰的痕迹
你太天然太纯粹
散发着人格的魅力
你长久长久地昏迷
可我呼唤你的名字
你的眼角眉梢流淌着甜甜的笑意
你用拇指食指轻轻掐着我的皮肤
嘴角又挂出昔日的俏皮

二〇二二年七月十七日
七十八岁完整的生日
老老少少和你在一起
远在天边的孙子涵涵
近在咫尺的孙女天琪
用好成绩让奶奶生日高兴
文兰
你
看在眼里
喜在心里
在这个世界上

还有谁比我更需要你

把病痛分给我吧

让我俩

或蹒跚前行

或比翼齐飞

（2022年7月24日，周日，海淀医院急诊室）

游

（怀念同文兰戏水）

沉到水底，慢慢地游。

追踪她的倩影，惬意地游。

摩挲水的皮肤，感受她的温柔。

心随水漂，享受水中的自由。

躁动的心静下来。

轻轻地静静地游。

于文兰（1944—2022） 晚年伴侣

病榻旁

病榻旁
握着你的手
依然温柔
想起了
文兰牵着我的手
目标：九十九
唉
病榻旁
看着你吃力起伏的胸膛
我眼里
似乎
你依然还是那么开朗
那么健康

病榻旁
看着你抱着诗集
神态依然那么安详
仿佛我们悠闲地穿梭在法国宁静的村庄

爱情是什么

　　病榻旁

　　你睡得那么甜

　　是不是太累了

　　你要远离这喧嚣的尘世

　　寻找你的远方

　　那里散发着你兰花的幽香

　　病榻旁

　　你睁开眼

　　眼中闪着泪光

　　我呼唤你

　　文兰，文兰

　　不去远方

就留在我的身旁，我们一起度过晚年的时光

　　（2022年7月27日，观察室给文兰的诗）

亲 情

歌 声

你的歌声打动了我
胸中燃起青春的火
你的歌声打动了我
使我忘了年纪有几何
你的歌声打动了我
心中充满甜蜜与快活
你的歌声打动了我
使我不再孤单与寂寞
你的歌声打动了我
憧憬未来

爱情是什么

> 我要带着希望去拼搏
>
> 歌声就是幸福
>
> 歌声就是快乐
>
> 歌声就是财富
>
> 歌声就是生活
>
> （1977年）

玲 君

> 纯洁像一张白纸
>
> 乐观像一片蓝天
>
> 诚实像一块门楣
>
> 随和像一缕炊烟
>
> （1977年）

张秀玲（1942—2005） 结发夫人

胎教画儿

近不惑之年
刚刚成家
心中有太多的梦
最挂心的是想要个女娃
画家
请画张胎教画儿——女娃
鹅蛋小脸
文静白皙的面颊
扎两个小辫儿
黝黑儿黝黑儿的头发
俊俏的小嘴儿
一排整齐洁白的牙
两颗晶亮晶亮的黑眼珠儿
动与不动都会说话
那里没有邪恶懦弱
只有善良刚毅挺拔
那里没有愚昧愁云
只有智慧和绚丽的彩霞
心中有太多的梦

最挂心的是想要个女娃
画家
请画张胎教画儿——女娃

（1975年）

焦 虑

身经百战多
备尝手术磨
愿代妻剖腹
叹息无奈何

（1977年）

祝 福

十月怀胎整
一朝破腹来

爱情是什么

不辞千辛苦

愿儿能成材

为何叫子仙

世俗满人间

愿儿开新风

为国谱新篇

（1977年）

满　月

连日连阴雨

今朝晴空碧

仙儿满月整

我来穿新衣

（1977年）

凝 视

凝视子仙

喜盈心间

文静洁净

典雅不凡

大度厚重

"憨"满宇轩

多年愁云

烟消云散

精心培育

与世同欢

不辞辛劳

累亦心甘

优哉游哉

凝视子仙

（1977年）

知　恩

仙儿玉容满面春

钟爱之情似海深

都云骨肉珍如宝

养儿更知父母恩

（1977年）

赞仙儿周岁小照

可爱可爱

多么可爱

没有污秽

没有尘埃

没有愁云

没有阴霾

眉宇间洋溢着纯真与欢乐

慧眼中闪动着幸福与光彩

钟情篇

小小的形象啊

梦境里想象不出如此完美

倾尽心血也难雕塑出来

望着你

心中宛如燃起了生命的篝火

望着你

仿佛也达到了你那样的洁白

望着你

不再愁苦

望着你

不再徘徊

希望

有了生命

生命

焕发异彩

奋斗吧

为了你

千千万万个仙儿

向着未来

（1977年）

秀玲六十周岁

与生俱来

本性善良

从老人身上

继承了刚强

刚中有柔

柔而不阿

与人为善

疾恶如仇

甘于寂寞

含辛茹苦

质朴无华

天成大度

从不攀比

永远知足

对于工作

一丝不苟

对于家庭

情深意笃

对于亲朋

情如手足

对于户主

不厌叮嘱

对于女儿

悉心呵护

期望成人成才成家

祈求平安健康幸福

贤妻良母

人民公仆

（2002年2月18日）

骨 肉

儿女是骨肉

至亲最挂心

可怜为人父

何日不劳神

（2003年）

爱情是什么

友 情

盐角儿

来时有雪,
去时有雪,
暗暗叫绝。
寒非在曙(曙光学校),
寒非在车(车耳营),
心骨冰彻。
人入梦,
夜观蹶,
怒填膺,
一腔热血。

闻君官复犹旧日，
　　心有一番情别。

　　　　　　（严大成作于1972年）

和　词

　　逢君有雪，
　　今又有雪，
　　其情妙绝。
　　寒不沁骨，
　　冰未压折，
　　心胆殷彻。
　　夜如梦，
　　　人遭蹶，
　　　怒发指，
　　　横眉眦血。
夜审"黑鬼"君历目，
　　一度十载难灭。

　　　　　　（李书龄1978年同步原韵奉和）

述　怀

海淀有男儿

七十心不朽

书报堆案前

史诗系肘后

人生有坎坷

日暮苦吟求

只今道险阻

何必惧白头

（李书龄作于1993年）

和"述怀"

漫漫人生路

六十未起步

往事莫如烟

历历均在目

人生坎坷多

苦吟欲何求

天道人难违

何必惧白头

(严大成作于1998年)

启功赞

隽永俊俏靓丽，

端庄雅秀飘逸，

沉静遒健功力，

美感闪光活力。

如老牛踏实犁作，

如野鹤展翅腾起，

如流云高空涌动，

如仙女飘飘欲飞。

一扇长者而年轻的心扉，

一颗纯净心灵淡泊名利，

爱情是什么

一支书法大家的神来之笔，
一代名师举世有知音四海存知己。

赠大成兄

泰岳曾留影

齐心海上游

寒门轻启日

把酒话红楼

（2013年12月26日，安永兴作诗赠严大成）

和永兴五言绝句

侃侃忆红楼

默默度春秋

终生书为伴

问君几多愁

（2013年12月26日，严大成和诗）

致刘麟

自　得

一本诗集在手,
倍感厚重温馨。
哲理情趣盎然,
笑声泪光并存。
并非闲庭杂咏,
面前是位老人。
笑得甜美灿烂,
诗情荡涤灵魂。

自　拟

榴花红彤似火,
樱花血结泪凝。
水仙素洁清幽,
昙花来去匆匆。

自　疑

昙花热恋人间，
奇美人人喜欢。
无奈难得久留，
开谢只在瞬间。
风和日丽水清，
百花姹紫嫣红。
昙花匆匆离去，
谁解其中真情。

自　诩

人生十分简单，
有如透亮蓝天。
人生实在深奥，
大彻大悟者少。

自　评

踏过平坦沙滩，

回眸印下的足迹，
犹如雷同的沙子，
难辨哪是自己。

自　警

清泉潺潺流淌，
水缓涓涓不停。
宁求愚钝清醒，
不敢驯顺迷蒙。

自　问

反复吟着诗句，
反复问着自己。
这般细细咀嚼，
是否读懂了你？

乐观豁达的刘麟

你走了过来，

爱情是什么

简直就是奇迹。
你经历的风风雨雨，
老友无不叹息。

生就的韧劲，
天赋的才华横溢，
殷红的一腔热血，
饱尝劫难的洗礼。

自打那不幸的一刻，
从此变得昏天暗地。
心里明明白白，
却脱不掉那灾难的侵袭。

不幸的一刻漫长延续，
平静地忍受着冤屈。
煎熬了几十年，
挺过来靠的是心存真理。

安然泰然，
胸装信念，

屈辱污浊，

　　心流清泉。

红红的脸膛，

　　榴火的心。

任凭风云多变，

不变的是你刘麟。

（2003年1月10日）

贺全意七十华诞

平生所爱在画廊

美苑艺林自徜徉

花鸟蜂蝶皆挚友

桃李三千满殿堂

历来名师出高徒

得意弟子史国良

丹青一生为知己

勤奋耕耘守纲常

画卷神游东瀛国

爱情是什么

　　佳作横跨大西洋

　　画笔一支走天下

　　人生何处不芬芳

　　七十素称古来稀

　　米寿而今亦寻常

　　颐养天年乐林里

　　问天阁中问天常

　　生就傲骨不寒酸

　　国色何求呼天香

　　我自昂首仰天笑

　　挥洒余热写炎黄

赠张帆、王莹

　　扬起新的理念风帆

　　寻求鲜活晶莹的未来

　　淡化陈习老理儿

　　莫忘世代情怀

（2001 年 8 月 25 日）

怀念万友

高挺的鼻梁

浓眉大眼

浑厚的声音

端端正正的脸

一笔好字

敦实刚健

人如其字

虚飘的

他来不得半点

与人为善

恨不能把心掏出一半

疾恶如仇

敢怒敢言敢做敢管

不是圣贤

他有愚的一面

从沈阳到北京拉练

一路不时地摁着胸口

走在队伍的最前面

爱情是什么

他是个好干部

没早没晚

一干就是几十年

从不肯放慢脚步

从不愿享受一分轻闲

积劳成疾

铸成大患

心里明镜似的知道结局

可他关心叮嘱的是全校师生

一年一定要做一次体检

他是个好人好党员

也有缺点

可人们宁愿记住他优秀的一面

他的确很平凡

可他让人由衷地怀念

他走得太突然

这是人们唯一不能认可的遗憾

他肯定上天堂的

肯定的

天堂是大家的心间

在人们的思念中

是万友的一张

质朴而平凡

端端正正的脸

（2003年3月2日）

赞毛阿敏

落落大方

端庄帅气

亭亭玉立

质朴大气

歌声动情

情愫渗透到心里

执爱如痴

辉煌笼罩着不幸经历

快快从阴影中走出

过去的就让它过去

人生总会有得有失

成功遗憾都留在梦里

爱情是什么

智者从不傻得悲痛欲绝

挥去眼泪寻觅真的知己

强者绝不愚得苦水中沉溺

挺起胸膛开辟新的天地

珍惜生命的短促

把握命运要靠自己

珍惜天赋的闪光

让歌声插翅膀腾飞

让事业与幸福伴随

（1980年）

高中学友

阔别四十六载

相识半个世纪

昔日校貌

今日全非

教室留下了框架

练爬绳的大树依然挺立

乒乓球台的位置在这儿

把小同学墩进空水缸——恶作剧

一幕幕鲜活的场景怎能忘记

课堂上聆听老师授业解惑

操场上龙腾虎跃锻炼身体

今日的教授博导知本家

在这里锤炼磨砺

从这里走向成熟崛起

斗转星移

难忘青春友谊

时光流逝

流不去珍贵记忆

奋斗人生

天南地北又会聚在一起

世间百味

辉煌挫折都镌刻在皱纹里

安享晚年

感悟夕阳

奉献余热

谁说廉颇老矣

爱情是什么

钗头凤·忆师专（今首都师范大学）

忆师专，忘却难，喜怒哀乐苦辣甜。人生路，未起步，阴影绰绰，时光难度。怵，怵，怵。

师友亲，情似火，人间冷暖勿忘我。好儿男，莫蹉跎，心雄志远，天高地阔。拓，拓，拓。

我的大学同窗

侯　玺

质朴无华人憨厚
才如其人多内秀
每每诵读新华章
点赞发自心里头

朱学元

著书立说在晚年
学术有成攻方言
山清水秀乡情浓
人杰地灵朱学元

李继亮

大盆吃饭李继亮
运动场上是健将
边跑边讲边示范
师哥友情不敢忘

周迎军

阿弥陀佛心慈悲
雄浑厚重歌声飞
守住佛心天地阔
善有善报佛缘随

张仲玲

仲玲仲瑾姊妹花
三尺杏坛显奇葩
姐姐办学结硕果
小妹仙逝远离家
世事无常顺天意
健者自珍爱中华

张希文

大千世界万花筒
光怪陆离难看懂
惜文寡语多沉思
独立思考奔前程
人各有志求真谛
莘莘学子盼大同

周景芳

支书名号很好听

其人质朴极热诚
柳居一别成诀别
弥留方吐暗恋情

石同枝

芊芊娘子舞蹁跹
才子官人诗百篇
难得同知亦同喜
石侯偕老度百年

王　昕

天生丽质有福气
犹如温室度四季
倘若人人能如此
何苦斗天又斗地

董宗慧

干练冲劲女似爷

爱情是什么

率真似乎大咧咧
文韬武略斩双赢
名师高徒尽豪杰

张雪莱

诗人气质有诗才
出口成章登高台
诗文并茂信天游
不枉雅号唤"雪莱"

杨淑玲

遥想当年春姑娘
艳抹巧配花衣裳
至清至纯如晨露
青涩矜持满面庞
白驹过隙一甲子
夕阳丽人又乔装
敢问谁人施脂粉
碧丝染成满头霜

盛德新

天生我才必有用
享受尊重度平生
杏坛犹如百花园
一校之长不骄矜
当年师专身矫健
挥拍拼搏似冲锋
侃侃而谈声爽朗
潇洒倜傥沐春风
同窗弹指两春秋
难能可贵重友情
功不可没寻学友
皆大欢喜聚会成
晚年坎坷病缠身
轮椅回旋咫尺中
闻讯焦急亦无奈
无奈忍耐心赤诚
愿君效法海迪妹
自强不息战余生
顺其自然顺天意

心如止水做东翁

吴 培

温文尔雅静如水
心灵手巧音色美
与世无争东篱下
平和低调人陶醉

裴家克

家克家克赔了赔
少年气盛怪罪谁
涉世未深不识人
稀里糊涂把命催
纵有小才报国心
生不逢时徒伤悲

自我素描

枉称大成真不成

浑浑噩噩梦中行

难得糊涂糊涂难

糊里糊涂度余生

糊涂舒服晚晴好

舒服糊涂夕阳红

悼铁人球友闫诗钧

似乎你总是穿着短裤

似乎你从来不修边幅

似乎你无时无刻不在运动

似乎你的脸上永远挂着汗珠

你是清华的高才生

在核能所留下了英名

你质朴得那么平易近人

学识渊博谁看得出

说话总是带着微笑

亲切平和地同人相处

接近古稀之年的老者

爱情是什么

红润的脸上依然跳动着活力的音符

高而不雄壮的身躯
贮藏着学者的气息
温和谦卑
柔声细语
蕴藏着冷水浴冬泳的坚毅

"非典"非常时期
你照样锻炼身体
室外水泥的球台旁
你依然是大汗淋漓

生命在于运动
你实践得无可挑剔
为何总是独往独来
身处险境却没有一点警惕

刚刚战胜"非典"
阳光洒遍大地
你为何瞬间远行

永别却不留下一句话语

你的离去

让球友叹息

让家人心碎

让亲朋伤悲

诗钧诗钧

你像诗一样梦幻美好

蓦然逝去

这打击似有千钧之力

非亲非故

我会把你记住

（2003 年 7 月 2 日）

哭张栋、秦淑贞

一百零二个春秋

带走了一对夫妇的精灵

爱情是什么

俩人的年龄

本应是一个人的寿命

短促的历程

丰硕的内容

甜美说不清

苦涩道不明

回过头看看你俩的身影

怎能不令人惋惜动情

无愧却留有遗憾

这是强者不完美的人生

你两面攻

模仿的是庄则栋

你的蛙泳

效法的是穆祥雄

你的字棱棱角角

锋芒毕露

耀眼分明

一夜写了千行长诗

缅怀周总理

字字泪句句情

你吊在半山腰打眼儿放炮
谁相信那是新的穆桂英
你学驾驶学会计学图书管理
每一步都在进攻冲锋
接近花甲之年拿下国家级科研项目
临退休居然又刮起铁姑娘的旋风……

你俩经历了"文革"的洗礼
沐浴了车耳营的春风
踏上了延安之路
含辛茹苦哺育了
一对千金两个大学生

你们的日子就像打仗
浴血奋战日夜兼程
总算有了回报
提级分房
专著职称
一切是那么地美好
美好的一切
瞬间化为幻影……

爱情是什么

　　假如少一些苛求
　　多一些温情
　　假如少一些指标
　　多一些从容
　　假如看重事业
　　也善待生命
　　假如真有观音
　　真有公平
　　假如能重新开始
　　开始新的人生

　　你们一定会
　　事业更辉煌
　　生命更完整
　　生活更幸福
　　走出更远更远的行程

　　哭你，张栋小秦
　　哭你，小秦张栋

（2003年7月7日）

战　友

相识未了今生愿
　喜逢西山
　倾心尽谈
焉能自轻效缚蚕
忧思过重生华发
　待到春天
　与众同欢
从头迈步另有天

（1967年）

爱情是什么

悲 情

救吾妻

垂柳摇曳新绿

雪白的玉兰

鹅黄的迎春

传递

春的信息

冬去春归

一派生机

大自然不介意

人的忧喜

胸襟开阔

周而复始地

演绎四季

分明是

晴空朗朗风和日丽

心儿

却似凄风苦雨冰封大地

人为何多愁善感

让牵挂伴随恐惧

苦苦折磨你

是亲情

是脆弱

是否该责备自己

谁回答

谁帮我

谁来救救我的妻

（2005年3月于北京肿瘤医院）

爱情是什么

依　偎

坐在长凳上
陪着老妻
像热恋的情侣
相互依偎

坐在长凳上
默默无语
面对无望的治疗
依偎得更紧密

坐在长凳上
此刻幸福的含义
最大的奢望
只求依偎下去

坐在长凳上
近乎窒息
默默地等待

静静地回忆

相识 1974

一个暑假开始的傍晚
相识东单公园的花丛里
已近不惑之年
超过了晚婚的年纪

结合 1976

师生布置了新房
我们终于走到一起
地震发生在夜间
手拉手奔下楼梯
一个多灾多难的年代
苦涩混杂着甜蜜

艰 辛

六平方米的小屋
只有床和椅
冬天化开结冰的水管
一年四季
搬扛炸弹似的液化气
拮据拮据
压力压力
茫然自问
何时喘息

喜 悦

胎教画儿挂在床头
似从仙境
女儿降临这里
所有的辛勤付出

瞬间都被忘记

感谢上苍恩赐

幸福从此延续

公　仆

干了两届政协委员

老伴儿勤勤恳恳尽心尽力

质朴得平平常常

勤奋得忘了自己

满　足

我俩相继退休

晚年生活甜蜜

孩子成为电视人

老两口喜在心里

爱情是什么

阳光格外灿烂
日子似春回大地

灾难 2004

医院总认定是咽炎困扰
透视才引起警惕
发现为时过晚
肺癌扩散到淋巴体

噩耗 2005

发疯似的乱投医
尽了一切一切的努力
历经一百八十多个
日日夜夜的煎熬
回天无力

似地陷天塌

似晴天霹雳

心　问

泪算得什么

人为何哭泣

死有何可怕

悲令人畏惧

历经生离死别

敢问苍天大地

何为世间百味

何为情感炼狱

何为人世大悲

何为人生真谛

……

默祝老伴

天国安息

心里梦里

爱情是什么

依偎依偎

（2005年7月于北京）

思　念

鄂尔多斯的风

能把乌云驱散

却不能带走深深的怀念

飞逝的时间

能模糊人的记忆

却不能淡化真诚的眷恋

眼泪的泉

可以悄悄地流尽

感情的河

不会枯干

人定然会慢慢地苍老

心不会变

思念

永不枯竭的思念

深埋心底到永远

（2005年10月于内蒙古鄂尔多斯）

墓地的吻

  松柏苍茫

  灯光昏黄

  墓地的静

  静似天堂

  "该回去了"

  踟蹰彷徨

  再擦擦墓碑

  洗净老伴儿的面庞

  吻吻墓碑

  感受碑石的冰凉

  吻着冰凉

  沉浸冰清玉洁的遐想

爱情是什么

吻着冰凉

回味曾有的温存情长

吻着冰凉

仿佛漫步在老伴儿墓地的新房

吻着冰凉

我问：这墓地埋着多少悲伤？

吻着冰凉

不忘老伴儿嘱咐：

往前走，莫要彷徨！

墓碑冰凉

心儿凄凉

让思念的吻

永远留在碑石上

夜幕苍茫

灯光昏黄

墓地的静

静似天堂

（2005年12月于北京人民公墓）

自 医

曾有多少欢乐
似乎已不记得
老伴悄然远行
心里只剩苦涩

多想鼓起勇气精神振作
多想接受亲友的真诚劝说
可回味起风雨往事
再也找不到原来的我

到西北吹吹清凉的风
重新感受大草原的辽阔
人生的历程曲曲折折
为老伴儿去谱一首动听的歌

塞北的阳光依然灿烂
蓝天下仍飘着洁白的云朵
人群中更多的是笑脸
我，岂能独自在悲苦中沉默

爱情是什么

一扇窗子虽已关上

并非所有门窗都已闭合

面前固然倒下了参天大树

背后仍有大片森林依托

是在不幸面前奋起

还是在苦闷中彷徨蹉跎

人生本来短促多舛

为何还要自寻折磨

把思念深埋心底

把眷恋化为寄托

效法大自然那般豁达

春夏秋冬依然故我

攀爬过悬崖险境

前面便是坦途开阔

走啊

走

把悲情注入爱河

走出阴影战胜自我

去追寻那夕阳的欢乐

（2006年2月于北京）

悼贤妻

每思玲君怀念深
玲君一片痴情心
记忆燃我青春火
欲觅新人念故人

每思玲君怀念深
异姓别名心连心
都云天公常作美
成全几多有情人

每思玲君怀念深
玲君令我敬而亲
回首往事催白发
盼入梦乡会故人

（2005年）

飞翔篇

仰 视

遍身光彩遍身金

剑眉浩气显丰神

一生磊落功盖世

仰视遗容思做人

（1977年为意大利焦尔焦·洛蒂
《周恩来总理》摄影配诗）

汪天介画赞

清新俏丽

一派生机

谁主沉浮

人民自己

（1976年）

爱情是什么

赞杨全意画

万紫千红

欣欣向荣

江山多娇人民爱

岂容贼子断送

历史自有安排

赢得人心大快

神州扬鞭催马

迎接灿烂未来

（1976年）

松　赞

大雪压青松

主干挺且直

枝叶撑皑皑

笑待雪化时

飞翔篇

心志

笑对坎坷静省察
卧薪磨砺志挺拔
能屈能伸丈夫也
晚铸大器献中华

心态

垂暮鬓发苍
羞言斗志昂
老来顽皮乐
胜似小儿郎

福字令

身在福中深知福

爱情是什么

> 有福之人会享福
> 纵观古今有福人
> 福中享福总知足

夜　郎

> 夜郎自大古来多
> 庸医而今笑华佗
> 敢问君知天地厚
> 野鸭岂能变天鹅

傲　骨

> 不屑阿谀竟自强
> 鄙夷媚俗守纲常
> 傲骨不作寒酸态
> 国色何须呼天香

感 悟

天机玄妙深

难悟伪与真

莫道疑无路

豁然又一村

明白难

天马行空来匆匆

随波逐流读歪经

老来方知真谛在

深思佛法度余生

罂粟花

仁者曰

爱情是什么

你那么残忍

却为何如此幽香娇艳

纵然可以入药止痛

又怎能抵消你杀人千万

恨你——过于阴毒

怕你——无法摆脱的诱惑迷恋

（1997年）

智者云

都说你阴毒残忍

杀人千万

我说你通体幽香

天姿娇艳

你本身并无过错

犹如世上的金钱

错在人的懦弱

罪在人的贪婪

（2011年）

雨霖铃·羊年非典

凭窗远眺,天朗云淡,空旷巷街。寂寥静静无声,惹来忧绪丝丝萦结。连日阳光明媚,却非典肆虐。只因那,不测风云,从天而降,瘟神獗!

寻常百姓情义笃,斗瘟神,奋战封截阻。听从中央号令,群防群护擂战鼓。舍生忘死,白衣战士,义无反顾。靠科学,举国同心,捣非典魔窟!

决战在五月

没有硝烟

战斗却静静地激烈

没有炮火

亲人却依依地惜别

没有刀光

战士倒下强健的身躯

没有剑影

花季少女过早地凋谢

爱情是什么

抗击——非典肆虐

打退——瘟神猖獗

第一线，死神游荡威胁

第一线，鏖战静寂惨烈

待哺婴儿的母亲期盼抢救

诀别不瞑目的老者令人心碎

可敬可亲

白衣天使

志坚如铁

赢得五月攻坚战

付出了多少个日日夜夜

用血肉之躯

让亲人远离死神

让非典节节败退

用青春热血

打得瘟神灰飞烟灭

打出一个干干净净的世界

决战，在五月

飞翔篇

金字塔下的沉思

打工仔榨干了廉价的血汗
　酿出了富豪的美酒
　　士兵雪白的尸骨
　　堆出了将军的功勋
　　子民善良而执着的奉献
　　　成全了政客的伟业
　　　不朽的金字塔
　　　　塔尖下面
叠压了多少敦厚的巨石
　喜欢品尝美酒吗
　　崇尚卓著的功勋吗
　　膜拜英明的伟业吗
惊叹刺向晴空的金字塔尖吗
　　　我的朋友
　　请低下高贵的头
　　　虽不能目睹
　　却可静静地思索
那辉煌下面的生灵白骨
　和那带着愚昧的纯朴

爱情是什么

> 我想哭
>
> 却无泪
>
> 虽无泪
>
> 我仍在无声地悲愁

（1976年）

同大海对话

人：大海，你为什么如此沉默？

大海：我有功有过。

人：人们不是常常把你像母亲那样讴歌？

大海：任何一个母亲，也没有我那样多的罪过。

人：你浩瀚的胸膛，令人襟怀开阔。

大海：可我乖僻凶残，渊深莫测。

人：你涨潮落潮带给人类无限财富。

大海：暴躁起来，我把善良与无辜一起吞没。

人：那么，你不配母亲的称号了？

大海：除了人们的吹捧，我从未具备母亲的美德。

人：你有什么愿望，如果重新选择？

大海：冲刷大地，把生灵轻轻地抚摸。

留给人间，但愿只是幸福和快乐。

（1985年）

宅　居

身居陋室

粗茶淡饭

心如止水

红颜陪伴

模糊过往

拒绝忧患

荣辱不惊

沉浮看淡

半醉半醒

安度晚年

爱情是什么

夕阳悟

风烛残年何所求
愿似清溪水东流
人生苦短临节点
宛若夕阳挂山丘
糊涂难得哲理深
清醒从来惹烦忧
荣枯过处皆成梦
忧喜两忘堪自由
莫问前生与后世
追思先哲度春秋

抒怀篇

抒怀篇

三十不立

平生刚毅从未愁

何曾怕血流

而今夙愿茫茫

几时是尽头

业未立

志已柔

心如焚

仰天饮恨

愧对后代写春秋

四十困惑

四十而不惑

不惑难无过

爱情是什么

昏昏昭昭孰为美
窗纸莫点破

少时多梦幻
青春遍坎坷
壮志不已得欣慰
子仙花一朵

忧天亦徒然
蹉跎复蹉跎
古今豪杰难自驭
草民又奈何

百思终不解
世事难捉摸
奢谈"五十知天命"
六十又如何

九州阴霾散
风雷震山河
而今天公重抖擞

抒怀篇

感慨向谁说

五十知足

草木一秋

人过半百

好事接踵来

乔迁三居

党门洞开

职称落定高台

漫漫人生

苦苦等待

难得再感慨

一个又一个十载

磨得心刚似铁

胸纳江海

河山依旧

青春不再

雄心不改

爱情是什么

再磨砺一个十年
续写耳顺抒怀

六十偷着乐

古今谈人生
我自有一经
以球为友多欢乐
越活越年轻

耄耋称老翁
六十尚年轻
以球会友多欢乐
越活越轻松

希望与拼搏

希望是人之赖以生存和发展的精神支柱

怀有希望才有勇气和力量

敢于拼搏才有希望

赞　歌

人生路上红颜多,知音知己有几何?

倾心陪伴恩情重,我为贵人唱赞歌。

是氛围

是心理心境心态

晚年如夕阳

需要晚霞云霞烘托

枫叶与落叶

染红的枫叶是美丽的

这美丽是她归于落叶群体的前奏信号

她的美丽染红群山

她的躯体铺满山坡大地

这是她的归宿

战栗与困惑

有的人不因畏惧死而战栗

困惑让他们选择死

死是对困惑的诠释、解脱、抗议、奋争

爱情是什么

如一片片染红的枫叶
我们美丽而势单力薄
肺腑之言，发自赤子滚烫的心窝
多少祝愿深埋心底
默默献给我古老而年轻的祖国
让我们舒展开老迈的笑脸
去迎接耄耋之年的安乐
请君珍重"现在"
唱好今天的歌

过去的
已经送进历史长河
未来的
只可期盼着
唯有现在陪伴你和我

夕阳与晚霞

夕阳是个体
晚霞云霞便是群体
是环境

人生是什么

人生是悲欢离合喜怒哀乐

人生是如火如荼波澜壮阔

人生是穿不透的云看不清的雾

人生是说不完的故事唱不完的歌

过去的

已经送进历史长河

拥有未来的后代记着

未来，要用高素质高智商去探索

未来，不能躺在教条与幻想中获得

未来，是血与火的代价铸就的阶梯

未来，要踏着前人的脊梁去进取开拓

过去的

已经送进历史长河

拥有未来的后代记着

人，是在希望中生存的

人，要在生存中拼搏

在希望中拼搏就有希望

在希望中生存就得拼搏

爱情是什么

描摹出明天美好的寄托
用青春再现靓仔的潇洒
用童心寻回孩提的活泼
细细品味曾有过的甘甜
默默咽下不该有的苦涩
过去的
不全是豪情满怀
辉煌中也留下了太多的苦果
鲜花掌声中捧杯的容国团
讴歌新社会
奉献幽默的老舍
多少功臣、人杰、精英
去了另一个世界
带着愤懑与困惑
让人战栗的
不是西天的"极乐"
让人绝望的
是谎言的刀割
这不是个人恩怨
这是国家民族的历史悲歌

感悟篇

陪伴你和我

莫要张扬

不必庆贺

名誉地位财富

如烟云而过

莫要沮丧

不要沉默

晚年渴望恬静的欢乐

来时赤条条

走时洒脱脱

夕阳需要晚霞烘托

来时哭啼啼

走时乐呵呵

夕阳眷恋云霞红似火

莫轻狂

不寂寞

莫得意

不失落

成功遗憾福与祸

伴随人生梦居多

珍藏起昨日幸福的回忆

爱情是什么

朋友怨

负罪之人怎么能安眠

玷污的灵魂如何能上天

贪可叹

贪可叹

前面贪者骨未寒

后面来者接着贪

贪婪悲剧、悲剧贪婪总循环

可叹可悲

可悲可叹

时　空

过去的

已经送进历史长河

未来的

只可期盼着

唯有现在

唯有忠诚大度

爱情方能天长地久

只要忠诚大度

爱情定会天长地久

欲　望

贪可叹

贪可叹

贪是祸患

贪是打水的竹篮

贪是魔鬼的诱惑

贪是美梦的虚幻

贪可叹

贪可叹

贪到头来两手空空

贪到头来是场灾难

亲人啼

爱情是什么

情　感

忠诚是爱情的灵魂

没有忠诚的爱情是没有灵魂的爱情

忠诚是爱情的底线

突破了底线的爱情是虚伪的爱情

爱情爱情

情真意切

情意浓浓

爱情容不得虚伪

丧失了忠诚

不必奢谈什么爱情

大度是包容宽容

包容可以淡化爱的过程中的磕磕绊绊

宽容可以化解爱的过程中的小是小非

忠诚和大度为爱情保驾护航

有了忠诚和大度的爱

能经受住疾风暴雨的冲击

能绕过湍流险滩的暗算

把爱的小舟护送到幸福的彼岸

莫要过度悲戚
　　唯物吗
彼此殊时同归

　　活着
就要无忧无虑
　　走了
那是幸福的归一
人生好比一出戏
　　序幕拉开
就意味着终将关闭
　　大自然的法则
　　谁能抗拒

　　走了吗
祝君天国安息
　　活着吗
快快明白活的真谛
　　留住欢乐
　　赶走忧郁
善待亲人和自己

爱情是什么

睡不着的觉

乐得眼放光

心怦怦地跳

乐过之后

感到苦日子没有白熬

乐过之后

才细细品味出生活的美好

人生如意事难拣难挑

算下来幸福只剩分毫

越少越衬出生活的奇妙

越少越要把日子过好

生　命

活着吗

好好照顾自己

走了吗

祝君天国安息

难过吗

苦　乐

人生之苦实在太多

真的痛苦都痛在心窝

痛得不吃不喝

痛得难坐难卧

痛定之后

感到平静快乐

痛定之后

才深深感到痛之难过

人生不如意事占八九之多

算下来幸福还有几何

越少越珍惜才是懂得生活

哪怕微小的欢乐也莫放过

人生之乐实在太少

真的乐事儿都喜上眉梢

乐得喝不够的酒

感悟篇